# 戰場來的信

*獻給*

*珍妮 —— T.F.*

*莫莉，我最大的小讀者 —— I.A.*

*莎拉、西蒙、加布里埃爾 —— S.G.*

Graphic Novel 002

# 戰場來的信

作　　者｜提姆西・德佛貝勒
　　　　　Timothée de Fombelle
繪　　者｜伊莎貝爾・阿瑟諾
　　　　　Isabelle Arsenault
譯　　者｜柯清心

**字畝文化創意有限公司**

社長兼總編輯｜馮季眉
責任編輯｜陳心方
美術設計｜丸同連合

出　　版｜字畝文化／遠足文化事業股份有限公司
發　　行｜遠足文化事業股份有限公司（讀書共和國出版集團）
地　　址｜231 新北市新店區民權路 108-2 號 9 樓
電　　話｜(02)2218-1417
傳　　真｜(02)8667-1065
客服信箱｜service@bookrep.com.tw
網路書店｜www.bookrep.com.tw
團體訂購請洽業務部 (02) 2218-1417 分機 1124

法律顧問｜華洋法律事務所　蘇文生律師
印　　製｜中原造像股份有限公司

2022 年 3 月初版一刷
2024 年 7 月初版四刷
定　　價｜350 元
ISBN｜978-986-0784-60-2（精裝）
書　　號｜XBGN0002

國家圖書館出版品預行編目 (CIP) 資料

戰場來的信/提姆西・德佛貝勒（Timothée
de Fombelle）作；伊莎貝爾・阿瑟諾
（Isabelle Arsenault）繪；柯清心譯.一初
版.一字畝文化出版：遠足文化事業股份有
限公司發行，2022.03　面；　公分
譯自：Captain Rosalie
ISBN 978-986-0784-60-2( 精裝 )

874.596　　　　　　　　110014548

# 戰場來的信

文／提姆西‧德佛貝勒
Timothée de Fombelle

圖／伊莎貝爾‧阿瑟諾
Isabelle Arsenault

譯／柯清心

我有一個祕密。

我坐在教室最後面，外套掛鉤下的小長凳上。

大家都以為我拿著筆記本在畫畫，一邊等天黑，
一邊作白日夢。

校長讓其他學生練習聽寫時，會從我身邊走過，
摸摸我的頭。

其實，我是一名士兵，正在執行一項祕密任務。

我是蘿莎莉隊長。

我喬裝成五歲半的普通小女孩，穿著小女生的鞋子、衣服，頂著一頭橘髮。

為了不引起別人注意，我不戴頭盔，也不穿制服，只是安安靜靜的坐著。

在其他學生眼中，我只是一個整天無所事事的小女孩。

自從戰爭爆發後，父親遠赴戰場，母親就去工廠上班了。我現在長大了，保母不再照顧我，所以每天早上，母親就送我到學校，那是給大孩子避難的地方。

一大早學校裡沒有半個人，我一個人孤伶伶等著。

校長總是準時早上七點鐘到，他從戰場上回來之後，只剩下一隻手臂，但他依舊滿面笑容，好像只剩一隻手臂是一件了不起的事。

能待在這所安靜的學校也是。

「你還在站崗啊，小妹妹？」

他應該稱呼我「隊長」，並且馬上立正站好、併攏腳後跟。但我什麼都沒說。

因為我正在執行的任務是祕密，絕對不能洩漏半點風聲。

年初時，校長和母親說他可以照顧我，讓我坐在大孩子的教室後面，自己畫畫，他會給我一本筆記本和一些鉛筆。

母親為了表達感謝，握住校長的手，好久都沒放開。

校長打開校門時，我會幫他抱住他的大袋子。校長的東西飄著一股混雜煙熏和咖啡的香氣，他家住在學校後面，是一棟燈火明亮的房子，裡面聞起來一定也是這樣。

班上有一個年紀比較大的小孩叫艾德佳，他老是闖禍，所以被罰每天最早到教室，幫爐子生火。我很喜歡艾德佳，我知道他都沒在聽課，數學不好，字也認不得幾個。

可是總有一天，我會讓他當中尉。

艾德佳會讓我劃火柴，然後把火柴丟進爐子裡生火。火焰的顏色跟我的髮色很像，彷彿是我的小弟弟。

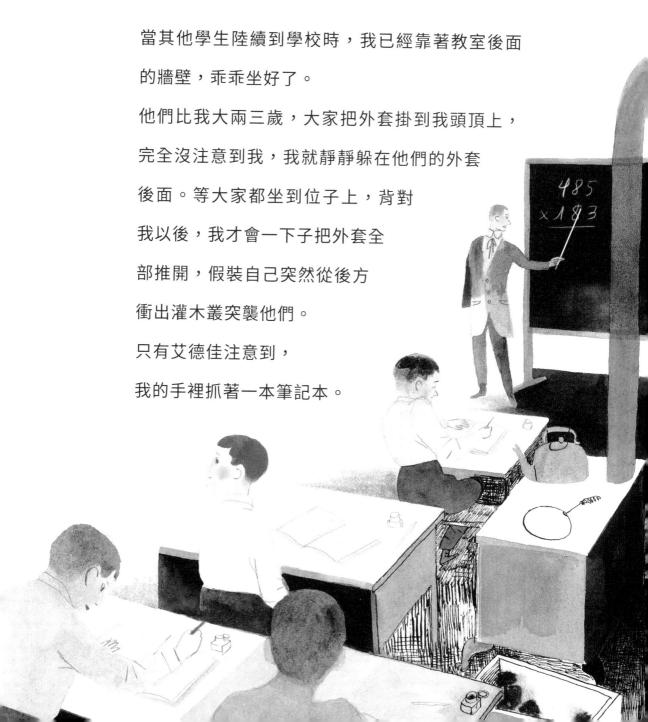

當其他學生陸續到學校時，我已經靠著教室後面
的牆壁，乖乖坐好了。

他們比我大兩三歲，大家把外套掛到我頭頂上，
完全沒注意到我，我就靜靜躲在他們的外套
後面。等大家都坐到位子上，背對
我以後，我才會一下子把外套全
部推開，假裝自己突然從後方
衝出灌木叢突襲他們。

只有艾德佳注意到，
我的手裡抓著一本筆記本。

每天早上，校長都會告訴我們戰爭的消息。

我專心聽著校長朗讀報紙頭版。

「昨天，星期二，德軍在索姆潰散大敗，我軍士氣如虹，捷報連連，我們一定要有信心。」

接著，他念了一連串神祕的名字：孔布勒、蒂耶普瓦勒……這些都是收復的村莊。

校長總是告訴我們好消息，從來沒有壞消息。

他總是大聲喊話：「大家必須想想我們那些犧牲了青春、犧牲了生命的士兵。」

有時校長講到這裡，我會覺得他正在看我，我便趕緊轉過頭去，避開他的眼神。

他怎麼知道我正在執行祕密任務？

等開始上課後，我便假裝放空，但其實我正非常專心的執行任務。我是蘿莎莉隊長，在一九一七年的秋天早晨，滲透到這個小隊裡。

總有一天，我會因此獲頒勳章，那枚勳章已經在我的心中閃閃發光了。

我眼底下的雀斑、畫在紙上的動物、拉到膝蓋的長筒襪……這些都只是偽裝。聽說有些士兵會把蕨草縫到他們的制服上，用來掩護自己。我的蕨草就是膝蓋上的痂、不切實際的幻想，還有小女孩最常哼唱的甜美曲子。

校長在黑板上寫了一些符號，讓學生們大聲朗讀，我看著第一排有一位男孩站了起來，走到黑板前面，也寫下了一些神祕符號。

這個名叫羅伯特的男生是警察的兒子，他從來不會出錯。看吧，校長又稱讚他了。我很在意羅伯特，因為找出最厲害的士兵，逮到他們的祕密，對作戰來說非常重要。

校長從我身邊走過時，悄聲說：「去拿點煤炭來，蘿莎莉，那樣你才有事做。」

我從長凳上站起來。

煤炭放在外頭，在教室後面的窗戶底下。

我不能讓別人看出我其實不想離開教室。

「你可以把筆記本留在這裡。」

但我還是緊緊抓著本子，因為絕對不能讓敵人拿到我的武器。我一走到門邊，便全力衝進寒氣裡，直奔向那堆煤炭。

我不能離開崗位太久，一定要盡快回來。

到了晚上，校長和學生們早就離開學校了，母親

才來接我。她用力將我抱進懷裡，蹭著我的頭。

幸好我沒戴頭盔，聞著母親的頭髮，好香啊。

「我好想你，蘿莎莉。」

母親非常累，我好愛她一臉倦容的樣子，愛她勇氣盡失、眼眶泛紅的模樣。

但她很快恢復鎮定，拉起我的手。

「看！」她從口袋裡拿出一個信封，我認得這些白色信封，上面有滿滿的郵戳和黑黑紅紅的印章。

這是父親寫的信。


「來吧，蘿莎莉，我讀給你聽。」

母親拉著我的手，一路走向床邊。

我的臉上沒有透露半點心思，我感覺到母親的手指，正緊緊扣著我沾滿墨水的手。

我躺在床上望著母親的側臉，信就放在她的腿上。

回家後，我要帶蘿莎莉去釣魚。

我們可以去磨坊下的那條小溪，戰爭爆發前，
我看到溪裡有鱒魚騰跳。我會教蘿莎莉游泳。
你還記得鱒魚加核桃的那道菜嗎？如果春天
回家，你能幫我留一些核桃嗎？

我好討厭這些信，但母親繼續念著：

心愛的，我好想你。我知道蘿莎莉是個乖孩子，校長很樂意收留她、幫助她。我知道你的工作很累，你很想多陪陪女兒。每次我往砲管裡裝砲彈時，便會想，也許這顆砲彈是你在工廠裡做的，感覺就像你在戰爭中陪著我。女人們在工廠中辛苦工作，協助她們的男人，而孩子們讓出他們的母親來支援戰爭，乖巧不吵鬧。

我才不在乎自己乖不乖，我不要把母親借給任何人，也不想聽什麼魚兒在溪裡跳的事，我才不相信核桃和磨坊的事。

除了戰爭，我不記得其他事情了。因為戰爭爆發時，我年紀還很小。

母親還在讀信，明明只有一張信，卻讀了好久。
房間裡的蠟燭都快要熄滅了，母親還是繼續讀信。
信紙背面有一幅用炭筆簡單勾勒的圖畫，那是唯
一讓我感到真實的東西。畫面中，遠處的森林和
眼前的大地，被轟得亂七八糟，士兵們躲在洞裡。
我看得出來那是父親畫的，父親在戰爭期間回家
三次，但他幾乎不說話，只是將我緊緊抱在懷裡，
並在起霧的窗戶上畫著馬兒。

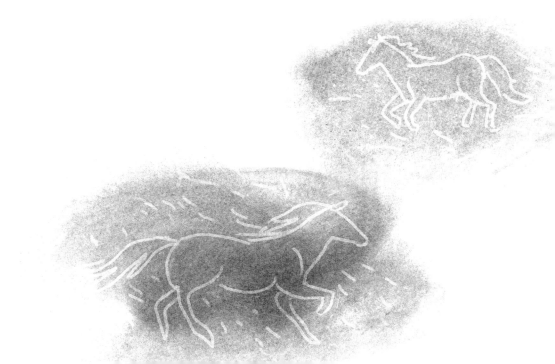

我想著想著便睡著了，夢裡，我看見將軍用手搭住我的肩膀，幫我別上了勳章。

我的任務每天都有新進展。

我，蘿莎莉隊長，每天都守在教室後面的崗位上，進行祕密任務，並隨時準備發動奇襲。

我把黑板上的符號當做作戰計畫，並試著背下一切，在筆記本裡一點一點的抄寫，沒有人注意到我正在做的事。

大孩子們都忘記教室裡有我了，以為我只是掛在許多外套之間的一件灰外套。

校長偶爾會記起我，還有艾德佳，我那個傻裡傻氣的手下、我的中尉，他會對我投以好奇的眼光。

我知道，他也在等候自己的時機。

晚上母親來接我時，口袋裡會有新的信，有時沒有信，只有那雙從不離開我的眼睛，單純想要我過去抱抱她。我比較喜歡這樣，而不是一直說我們要去釣鱒魚、去小溪裡游泳，或有一天採完野生的覆盆子後，要一起做果醬。

父親的信放在一個糖果盒裡，擺在廚房最高的架子上。它們還是待在那邊就好。

每一個星期都過得非常相似，有時我會在夜裡打開窗戶，探出身子，豎著耳朵仔細聆聽。
心想自己能否越過農場狗群之外，聽到遠方的戰火聲。

我生日那天，下了一場大雪。雪的高度積到我的
腳踝，害我早上差點推不開門。我看著四處飄落
的雪花，開心得大叫。那天，因為雪下得太大了，
母親沒去工廠上班。我們一起待在家裡，度過了
這輩子最美好的一天。

我們在屋子裡玩躲貓貓，母親甚至穿著睡衣就和
我玩了起來。當我發現她捲成一團，躲在床上時，
真是嚇了我一跳。母親一邊哈哈大笑，一邊用毯
子裹住我，我們玩得不亦樂乎。那天，我忘記自
己是蘿莎莉隊長，也差點忘了戰場上的父親。

雪下得太大無法出門，母親抱著我，坐在一張躺椅上，家裡沒東西吃，兩人一起喝著加糖的甜牛奶。我望著壁爐裡舞動的火焰，時間彷彿停止在此刻。然後，母親起身從衣櫥上面拿下一大塊布，那是她的婚紗，她把婚紗攤開來讓我看。

「只有這裡稍微緊了一點，你看。」她又哈哈笑了。

夜晚來臨前，母親穿著白紗說故事給我聽，是一個有關荒島和公主的真實故事。我不知不覺就睡著了。

睡夢中，我聽到有人在隔壁房跟母親說話，但我實在太睏了，沒有辦法起床。有個男人跑來跟母親說了一件事，我認出那是警察的聲音。我的眼睛緊緊閉著，但聽見了一記哭聲，一記非常悠長且極低的哭聲，一個被悶住的哭聲。

我分不清這是夢境還是真的。


第二天一早，一切都變了。廚房裡出現了一個藍色信封。我不敢去看母親的眼睛，我靠近她時，她便閃開。母親說話說得好快，而且一直低著頭。出門去學校前，明明已經遲到了，母親卻動也不動。等她終於起身，經過我身旁時，也拿走了那個藍色信封。

她把婚紗捲成一球，塞回衣櫥上面，然後拉起我

的手，帶我到門外。她把整張臉都藏在披肩底下。

雪已經開始融化了，學校操場上一定都是泥巴。

整整一個月，我都活在雪後那一晚的記憶裡。

母親依然無法正眼看我，她變了。

她送我到學校離開後，我簡直鬆了口氣。

我必須行動。

我們全都靠你了，隊長。

我早已做好萬全準備，靜候時機到來。

那一天終於來了，是一個陽光明媚的二月早晨。

我坐在教室後方，絞盡腦汁，努力跟上黑板上的

粉筆字，沒有什麼能逃過我的法眼。

校長轉過身，抖掉袖子上的粉筆灰。

我再次看著黑板，頭一回，一切變得如此清晰，

就像霧氣突然消散，所有的事物都清楚顯露了。

不能再等，我準備好了。

我想到夢裡的那枚勳章，一切都變得有可能。

作戰開始。

「小女孩，有什麼事嗎？」校長轉頭看我，我甚至

沒發現自己已經舉起手了。

我解釋說，因為筆記本忘在家裡，想回家拿。

校長不允許我這麼做，我嚴肅的看著他。

「我家就在這條路的最後面，我知道怎麼回家。」

「你隨便拿張紙就好了。」

「我需要我的筆記本。」

「不行，你得留在這裡。」

校長非常堅持。

我趁他還來不及轉身，便使出第二項武器。

我的目光突然落到自己的鞋子上，睫毛間已經滲

出一滴淚。這回，我的彈藥似乎擊中目標了。

敵人陣營一陣慌亂，面對一個哭泣的小女孩時，

戰線再也守不住了。

但是我仍需要援兵，有個聲音響起。

「我可以陪她去。」

是艾德佳，他一副乖學生的樣子，害我差點認不

出來。我用拳頭抹去自己的眼淚，校長遲疑著，

不安的在大衣口袋上，搓著還沾滿粉筆灰的手。

「好吧。」

他看著我，然後看看艾德佳，接著又看著我。

「給你十分鐘，我不喜歡學生隨意離開學校。」

我沿著大路走，我的中尉跟在後頭。村子裡沒有人，溼溼的屋頂在冷凜的太陽下閃閃發光，麵包店的煙囪冒著煙，一點也沒有戰爭的跡象。

彷彿戰火離我們如此遙遠，小鳥在教堂的鐘塔周圍嬉戲，掠過一排排的大鐘。

我們抵達了屋子前。

「到了，門開著嗎？」艾德佳問。

我取出藏在大門左邊的鑰匙，並把鑰匙遞給艾德佳。

「請幫我開門。」

門鎖很舊，鑰匙通常轉不動，但艾德佳輕輕鬆鬆就把門打開了。

我指著一顆大石頭，請他坐下。

「你在外面等我，我很快就回來。」

艾德佳蹲在石頭旁邊，他是我最厲害的士兵。


走進屋子的那一瞬間，我覺得自己好像長大了。

我從來不曾獨自一人待在家中。

屋中只有兩個房間：我年紀更小時的臥房、父親與母親的房間和一間廚房。自從大戰爆發後，母親就睡在廚房。我推開廚房的門，裡面的東西好像都在盯著我，連時鐘都在猜，我到廚房裡面想做什麼事？

我拉了一把椅子，走到架子下，椅子在地板上拖得咿呀響。我爬上椅子，找到架子最上方的金屬盒子，並拿起它。

我常看到這個盒子安靜的放在桌上，上面有羊群和牧羊人的圖案⋯⋯這個緊閉的盒子，奇蹟般開始講話了。

盒子上的那些字，在我眼中慢慢出現意義。

一行藍紫色的字寫著：綜合……糖果。

為了學習認字，我已經苦練好幾個月了。

這就是我的任務，我會認字了。

我爬下椅子，把盒子放到餐桌上，打開盒蓋。

全部的信都在裡面。

我拿起放在最上面的信，心臟撲通撲通跳著。

幾乎跟不上父親歪斜的字跡，但我認得出比較短

的字，那些我彎身讀信時，跳到我臉上的字。

老鼠、鮮血、害怕

母親從來不讀這些字給我聽。有一個句子寫道：

這裡的雨是鋼鐵和火做成的。

信的下方，像是塌落在紙頁底下的幾個字是，

活埋和屠殺。

我翻找盒子，想找出父親畫了士兵的那封信，我將信攤開，尋找鱒魚和小溪兩個詞。母親曾經讀過這些字詞，但我找不到任何小溪、任何鱒魚、任何磨坊，全都沒有。信上只寫著：

夜裡，我在泥地裡哭泣，我……唉，我心愛的，你再也見不到我了。

我在信尾看到我的名字，是父親用漂亮的字體寫下的，彷彿我來自不同星球，和這場戰爭無關。

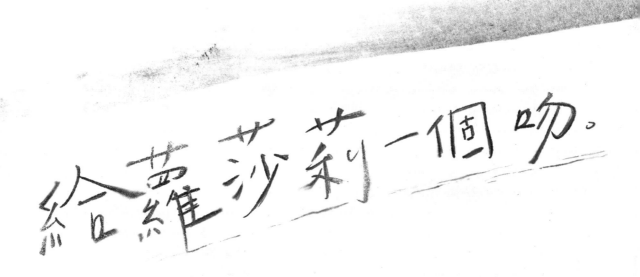

給蘿莎莉一個吻。

「你在做什麼？」

是艾德佳的聲音，我沒有轉身，絕對不能讓他看到他的隊長在哭。

「你會認字嗎？」他問。

我把信塞回盒子裡，顫抖著雙手，想要去拿那個藍色的信封。

「你學會認字了嗎？」他又問了一遍。

「我想找我的筆記本。」

「你把筆記本藏在襯衫底下，你在教室裡就藏起來了。我們得走了，校長會來找我們。」

我把盒子擺回架上，拿出襯衫底下的筆記本。


我想像鋼鐵從空中掉落，父親躺在火雨下的情景。

我們離開時，我覺得好難過，但心中有個東西，好像被打開了。

我停頓了一秒鐘，接受了殘酷的事實。

「你為什麼不告訴校長，我把筆記本藏在襯衫底下？」回學校的途中，我問艾德佳。

他聳聳肩，繼續走在我的前方。

「因為我們是同一個陣線的。」


我回到教室的長凳上，想著那個藍色信封。

它跑去哪裡了？

藍色的信封在下雪後的那晚送達，我想裡面可能藏有最終的祕密。

在那之後，就再也沒有信了。

早晨過去了，接著是午餐時間，我實在不記得接下來那幾個鐘頭發生過的事了。

下課鐘響時，每個人都衝去拿他們的外套。

我坐在位子上，等待兵荒馬亂過去。

「你要來嗎？」艾德佳問我。

有些學生開始跑去操場玩，但我沒有移動。

我對艾德佳說：「如果他們來找我，就說我去磨坊旁邊的小溪了。」

他看著我，我們周圍的騷亂依然持續著。

「需要我陪你去嗎？」

「我需要你告訴校長，我去溪邊了，好嗎？」

我從長凳上滑下來，躲到凳子底下蜷成一顆球。

校長在門口大喊。

「快點！到外面去。」

「艾德佳！」

「我可要關門了。」

艾德佳衝出去，而

我繼續躲在長凳下，門重重關上了。

在空無一人的教室，我聽得見自己的呼吸聲。幾秒鐘後，我溜向那片面向街道的窗子，把窗戶打開。窗外傳來學童們的喊叫聲。我從窗戶爬出來，跳到街道上。

沒有朝著小溪的方向走，而是跑回家裡。

我第一次自己打開家門。拿到盒子後，將盒中的信全倒在桌上，但裡面沒有藍色信封。

我站起來，到處尋找。找過了燉鍋、抽屜、櫃子、衣櫥、母親的衣服口袋、紅色的大文件夾，通通沒有。那個藍色的信封到底放在哪裡？我越來越焦急。我到床墊底下和床板之間尋找，還把母親

的床弄亂了，床單像鬼魂似的散落在房間各處。突然間，我抬頭看向衣櫥上方，那件捲成一團的婚紗。我爬到衣櫃旁邊的爐子上，把手伸進布滿灰塵的婚紗底下。我什麼都看不到，只能盲目的用手摸索。

找到了！原來就放在新娘頭紗底下。

我拿起方方正正的藍色信封，
走到桌邊，將信打開。

軍務部。

信封上寫著這三個字。

我只讀著信上自己看得懂的字。

夫人、很遺憾、痛苦

接著是父親的全名，然後寫了七
個字，感覺像是剛入夜時，七顆
射出的大砲。

為國家作戰陣亡。

這幾個字射進我的心裡，把我的
心都打碎了。

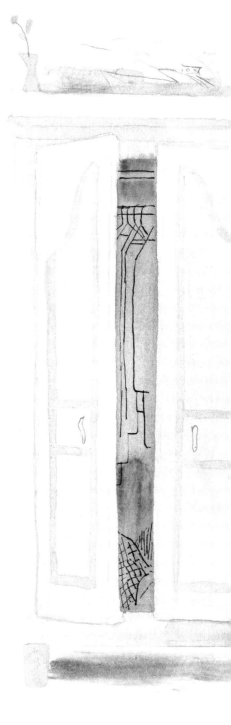

49

信件裡剩下的內容，艾德佳後來都告訴我了。

下課時間結束後，大家又回到教室上課。

校長過了一會兒後才發現我不在，好像發現教室
裡有件擺設不見一樣。

「小女孩呢？」

他一一查看外套掛鉤，在一排排的桌椅之間走動，
要求學生們起立，好像怕有人坐到我身上，或將
我藏在口袋裡。

「老師，艾德佳有話要說。」艾德佳果然舉起手。

「蘿莎莉跟我提到，她想去磨坊邊的小溪。」

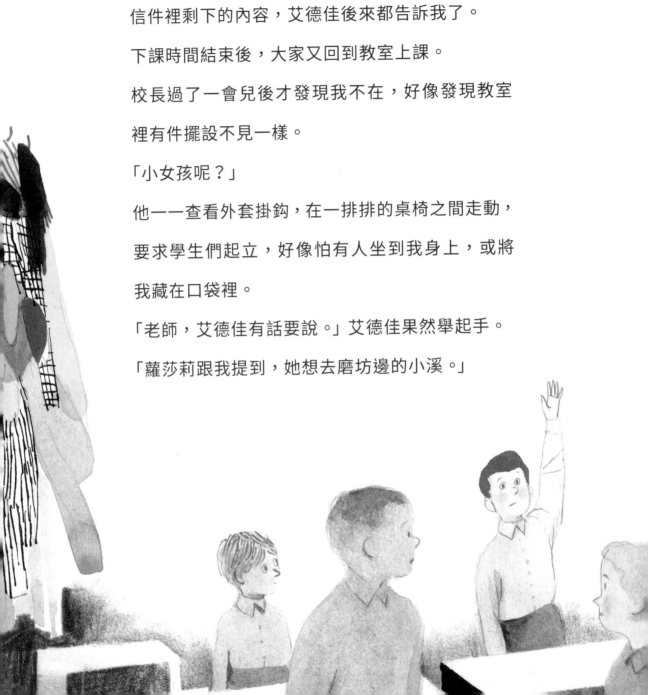

「小溪………」

校長轉過身，臉色一陣蒼白。

「我的天啊，小溪！快穿上你們的外套。」

可能是因為校長太激動了，所有人轉眼間都乖乖
到了外頭，但卻肅靜沉默，只有鞋底重重踏在學
校操場上的聲音。

校長看向警察的兒子羅伯特。

「快去找你的父親！」

艾德佳帶領著眾人，火速趕往溪邊，這是大家第一次看到校長奔跑的模樣。夜幕漸漸垂落。

當他們來到岸邊，暴漲的溪水兇猛又湍急。校長臉色蒼白。

「我的天……她怎麼會跑到這裡？」他喃喃說。

艾德佳將大家分成兩隊，一隊趕往上游，另一組人去下游。警察帶著他兒子羅伯特和一位修路工人抵達現場，他們檢查了磨坊的輪子，輪子被滔滔的水流帶得猛烈轉動。

「孩子的母親呢？我們該怎麼跟她母親說？」

沿著溪流，到處都能聽到人聲。

「蘿莎莉！蘿莎莉！」

「她會游泳嗎？」

「蘿莎莉！」

大家發現，自己從來沒喊過我的名字。

母親趕到時，天色一片漆黑，她在學校旁邊被

一位留守的學生攔下來。學生告訴她我不見了，

她一路趕到溪邊。

校長的鼻子和頭髮上沾著泥

巴，鞋子裡都是水。

他迎向母親：「夫人……」

然後再也說不出任何

話了。

母親看著小溪的水面，警察從磨坊回來了。

「她跟一名班上學生提到這個地方，蘿莎莉平常會來這裡嗎？」

母親沒有回答，警察將她帶到一旁。

「夫人，有沒有可能，她父親的消息——」

「不可能。」我母親說，聲音十分虛弱。

「這孩子似乎很堅強……」

「她父親的事，我一個字都沒跟她說。」

「什麼？」

「我開不了口，我辦不到，每天晚上我都試著想跟她說，可是……」

母親別開眼神。

警察沉默不語。

艾德佳從陰影中走向前，他聽到所有談話了。

「我好像在你們家廚房的窗口看到蘿莎莉。

不過，屋子的門從裡面反鎖了……」

房子外面圍了五十個人，大家在一片漆黑之中等待。母親走到窗邊，將臉貼在玻璃窗上。

「蘿莎莉……」

母親僅能說出這幾個字，她看到我把頭靠在桌上，在信件堆裡睡著了。

蠟燭的蠟油滴融在我身邊的信封上。

「她旁邊那些是什麼東西？」校長問道。

「她會認字。」艾德佳驕傲的說。

校長一臉困惑的看向他。

「你剛才說什麼？」

「她會認字，老師！」

　　「我的天。」校長倒抽一口氣。

警察悶聲不響的硬將門弄
開，但他不想當第一個進屋
子的，便將母親喚來。母親
離開窗邊，向門口走過去，
學生像儀隊般讓路給她。

母親一個人慢慢走進屋子
裡，我張開眼睛，燭光映照
廚房，像塗了一層金光。

我看見母親了。

她的表情正是我最熟悉的，

疲憊又辛苦的樣子。

「我想知道。」我說。

「好，蘿莎莉。」

「現在我知道了。」

「好。」

母親走過來，

把我擁入懷中，我和母親都哭了。

警察讓聚集在門邊的學生們回去，他們像明亮的

斑點般，沒入夜色之中。

母親從口袋裡掏出一個藍色信封。這封信比較厚，

是一個上面寫著*軍務部*的小包裹，然後母親將包

裹打開了。

「這是今天寄來的，是給你的。」

我打開包裹，看到裡面有一封信，上面有為國家作戰陣亡幾個我認識的字，還有一些我不認識的字，像是逝後及緬懷感念。

包裹裡的信底下，還有個沉甸甸的東西。

我轉頭望向窗外，艾德佳也在外面看著我。

我含著淚對他微笑。

「這是給你的。」母親又說了一遍。我把它打開來。

那是一枚用閃亮黃銅製成的，

有鑲邊條紋的勳章。

勳章在我手中，彷彿一條活蹦

亂跳的小魚。